Hôtel Drouot

Catalogue de tableaux modernes des écoles belge et hollandaise

8 Janvier

Antigonos

Hôtel Drouot

Catalogue de tableaux modernes des écoles belge et hollandaise

8 Janvier

Réimpression inchangée de l'édition originale de 1874.

1ère édition 2024 | ISBN: 978-3-38666-317-5

Antigonos Verlag est une marque de Outlook Verlagsgesellschaft mbH.

Verlag (Éditeur): Outlook Verlag GmbH, Zeilweg 44, 60439 Frankfurt, Deutschland
Vertretungsberechtigt (Représentant autorisé): E. Roepke, Zeilweg 44, 60439 Frankfurt, Deutschland
Druck (Imprimerie): Libri Plureos GmbH, Friedensallee 273, 22763 Hamburg, Deutschland

CATALOGUE

DE

TABLEAUX MODERNES

DES

ÉCOLES BELGE ET HOLLANDAISE

Dont la vente aux enchères publiques aura lieu

HOTEL DROUOT

SALLE N° 7

Le Jeudi 8 Janvier 1874

A DEUX HEURES

Par le ministère de **Me ESCRIBE**, Commissaire-Priseur,
rue de Hanovre, 6,

Assisté de **MM. DHIOS** et **GEORGE**, Experts, rue Le Peletier, 33.

EXPOSITION PUBLIQUE

LE MERCREDI 7 JANVIER 1874

PARIS — 1874

CONDITIONS DE LA VENTE

Elle sera faite au comptant.

Les Acquéreurs paieront, en sus du prix de l'adjudication, CINQ POUR CENT, applicables aux frais.

DESIGNATION

DES

TABLEAUX

ALPHEN (M. van)

1 — La Lecture.

2 — Le Paresseux.

3 — Le bon Vivant.

4 — La Soubrette.

5 — La Lecture.

6 — Le Fumeur.

ANGUL

7 — Enfants et Cygnes.

BAKALOWICZ

8 — La Partie d'échecs.

9 — Départ pour la promenade.

BARNAB

10 — Marine.

BERG (Van den)

11 — La Chapelle.

BERG (Van den)

12 — Coq et Poule.

BEUL (Laurent de)

13 — Troupeau de moutons.
14 — Le Berger.

BEUL (H. de)

15 — Moutons et Canards.
16 — Gamins de village.
17 — Petite Fille et Lapins.
18 — Pêcheur à la ligne.

BRACKELAER (De)

19 — La Collation.

CAILLE (Léon)

20 — L'heureuse Mère.

CALCK (Van)

21 — Chèvres.

CARABAIN

22 — Repas sous la treille.
23 — Intérieur de village.

CECCHINI (E.-P.)

24 — Navire en mer.

CHAUVIN

25 — Femme grecque.

COENE (J.)

26 — Paysage boisé.

CRAEBEELS

27 — Fête de village.

CRAM (Mme)

28 — Poules.

DEBAST

29 — Canal   Clair de lune.

DEFACQ

30 — Poulailler.
31 — Moutons au pâturage.
32 — Moutons.
33 — Poules sur la lisière d'un bois.
34 — Moutons et Poules.
35 — Moutons et Poules.
36 — Moutons au bord d'un ruisseau.

DELVAUX (A.)

37 — Paysage boisé.

DILLENS (H.)

38 — Départ pour l'école.

ERPIKUM

39 — Tête de jeune fille blonde.

EECHAUT (C.)

40 — Gentilhomme examinant un tableau.

FRASOIS (A.)

41 — Poulailler.
42 — Moutons et Poules.

GEENS

43 — Les trois Trompettes.

GLIBERT (A.)

44 — Jeune Femme en costume Louis XV disposant un bouquet.

GRIPS (C.-J.)

45 — La Cuisinière hollandaise.
46 — La Dentellière.

GROOT (J. de)

47 — La Lecture de la lettre.

GUDIN (H.)

48 — Marine.
49 — Navire échouant sur une plage.

GUILLEMINET

50 — Poulailler.
51 — Poulailler.

HEDENCQ (De)

52 — Bacchante

HOLLANDER (H.)

53 — Intérieur.

IMPENS (J.)

54 — Tête de Napolitain.

IMSCHOOT (J. van)

55 — Guerre de Crimée.
56 — Cosaque.

JONGHE (J.-B. de)

57 — Cavalier sur une route.
58 — Site montagneux et Cours d'eau.

LAMBRECHTS

59 — Femme zélandaise.

LEEMPUTTEN (Van)

60 — Poulailler.
61 — Coq et Poules.

LEEMPUTTEN (Van)

62 — Coq et Poules.

63 — Poules dans une prairie.

64 — Charrette attelée de trois chevaux.

LENS (P.)

65 — Monuments en ruines.

LUPPEN (Van)

66 — Moulin à eau.

MAR (D. de la)

67 — Villageois puisant.

MAROHN

68 — Pêche en hiver.

MOERENHOUT (J.-J.)

69 — Écurie.

MONLEON (R.)

70 — Marine.

NEUCKENS (P.-J.)

71 — La Toilette de Marguerite.

PECRUS

72 — Jeune Femme occupée à broder.
73 — Dame du temps de Louis XIII, robe de satin.

PETIT (C.)

74 — Intérieur.
75 — Intérieur.

ROBBE

76 — Vaches dans une prairie.
77 — Vaches à la rivière.
78 — Villageoise gardant une vache.

ROBBE (Henri)

79 — Pêches, Raisins et Prunes.

SAEDELER (De)

80 — Cour de ferme.

SEBEN (H. van)

81 — Patineurs.
82 — Enfants de pêcheurs.

SENEZCOURT (Ch. de)

83 — La petite Fille au bouquet.
84 — Petite Paysane.

STACHE (Adolphe)

85 — La Romance du troubadour.

TROUILLEBERT

86 — Nymphe attachée à un arbre.

VELGHE (A.)

87 — Chevaux.

VENNEMAN (Ch.)

88 — Homme endormi.

VENNEMAN (Ch.)

89 — La partie de tric-trac.

VERBOECKHOVEN (L.)

90 — Mer houleuse.

VERDYEN

91 — Jeune Femme au théâtre.

VERWEE (L.-P.)

92 — Animaux au pâturage.
93 — Moutons.
94 — Moutons.
95 — Deux Moutons.

ÉCOLE MODERNE

96 — La Lecture.

Signé P. G. Speman.

ÉCOLE MODERNE

97 — Bords de rivière.

98 — La jeune Mère. Signé Willems.

99 — Enfant donnant à manger à des canards (Pendant du précédent).

100 — Jeune Fille donnant à manger à des poissons. Signé Stevens.

SPRINGER

101 — Vue de Hollande.

RONNER (H.)

102 — Chien attelé à une voiture de légumes.

PLUMOT (A.)

103 — Bergère et Moutons.

CHAIGNEAU (F.)

104 — Forêt de Fontainebleau.

VENNEMAN (C.)

105 — La Visite au grand-père.

HEYLIGERS

106 — Dame donnant du sucre à un oiseau.

GRIPS

107 — Intérieur de cuisine.

HUYGENS

108 — Bouquet de fleurs.

Ves RENOU, MAULDE et COCK, imprs de la Compagnie des Commissaires-Priseurs, rue de Rivoli, 144.   39276